RATUS POCHE

COLLECTION DIRIGÉE PAR JEANINE ET JEAN GUION

Ratus court le marathon

Les aventures du rat vert

- Le robot de Ratus
- Les champignons de Ratus
- Ratus raconte ses vacances
- Le cadeau de Mamie Ratus
- Ratus et la télévision
- Ratus se déguise
- Les mensonges de Ratus
- Ratus écrit un livre
- L'anniversaire de Ratus
- Ratus à l'école du cirque
- Ratus et le sapin-cactus
- Ratus et le poisson-fou
- Noël chez Mamie Ratus
- Ratus et les puces savantes
- Ratus en ballon
- Ratus père Noël
- Ratus à l'école
- Un nouvel ami pour Ratus
- Ratus et le monstre du lac
- Ratus et le trésor du pirate
- Les belles vacances de Ratus
- La cabane de Ratus
- Ratus court le marathon
- Ratus chez le coiffeur
- Ratus et les lapins
- Les parapluies de Mamie Ratus
- La visite de Mamie Ratus
- Ratus aux sports d'hiver
- Ratus pique-nique
- Ratus sur la route des vacances
- La grosse bêtise de Ratus
- Le secret de Mamie Ratus
- Ratus chez les robots
- Ratus à la ferme
- Ratus champion de tennis
- Ratus et l'œuf magique
- Ratus et le barbu turlututu
- Ratus chez les cow-boys
- Le jeu vidéo de Ratus
- Les fantômes de Mamie Ratus
- La classe de Ratus en voyage
- Ratus en Afrique
- Ratus et l'étrange maîtresse
- Ratus à l'hôpital
- Ratus et la petite princesse
- Ratus et le sorcier
- Ratus gardien de zoo
- En vacances chez Ratus
- Ratus le chevalier vert

© Hatier Paris 2012, ISSN 1259 4652, ISBN 978-2-218-96030-7

Ratus court le marathon

Une histoire de Jeanine et Jean Guion
illustrée par Olivier Vogel

Hatier jeunesse

Mme Dumouton
Belo
Le directeur
Papy Lapin
Mamie Ratus
M. Labique
Ratus
Marou

Les personnages de l'histoire

Pour Tomi-Colin.

1

C'est bientôt le marathon de l'école. À 1
la récréation, Ratus raconte que c'est une
course terrible : plus de 42 kilomètres !

– Quand on n'est pas un champion, ça peut durer cinq ou six heures ! ajoute-t-il.

Marou et Mina sont inquiets car ils n'aiment pas courir. Mazo Dumouton, lui, se met à pleurer :

– J'veux pas faire 42 kilomètres !

– Si on a le droit de manger des carottes pendant la course, dit Janot Lapin, je peux courir cent kilomètres sans me fatiguer.

– Vantard ! dit Ratus qui ne le croit pas. 2

Qui va entraîner les élèves ?

En classe, Jeannette explique que la course sera seulement un mini-marathon de quatre kilomètres.

– Alors, j'y vais pas ! fait Ratus. Je veux
bien marathonner, mais pour de vrai : 42 3
kilomètres ou je reste dans mon lit !

Tout le monde rit. Et comme la plupart
des élèves n'aiment pas courir longtemps,
ils approuvent leur copain. Pour qu'ils 4
acceptent, Jeannette leur dit :

– C'est M. Victor qui va vous entraîner, alors vous serez tous des champions !

En effet, Victor arrive, un sifflet dans la bouche. Il siffle et il crie à la fois :

– Tous dehors ! Allez, plus vite ! Au pas de course ! Une-deux, une-deux…

Les lapins et Capra courent sans se

plaindre, mais les autres font la grimace. Mazo pleurniche, Mina et Marou grognent qu'ils ont mal aux pieds. Ratus, lui, raconte que ses oreilles sont trop grandes pour un marathon.

– Si je cours vite, dit-il, le vent soufflera dans mes oreilles, alors ça me fera des courants d'air dans la cervelle et je ne pourrai plus rien apprendre à l'école.

Ses copains éclatent de rire. Victor aussi.

2

Après un long mois d'entraînement, les
élèves sont prêts. Marou et Mina se sont
acheté des chaussures spéciales pour la
course à pied et la maman de Mazo lui a
tricoté un pull en laine pour qu'il ne
prenne pas froid s'il transpire. Les lapins
ont suivi un régime pour courir plus 5
vite : carottes à tous les repas, en jus, en
soupe, en purée, en gratin, et même en
tarte ! Ratus, lui, s'est acheté un casque 6
pour écouter de la musique pendant le
marathon.

– Il va protéger ma cervelle des courants

Que va distribuer Jeannette avant le départ ?

d'air, dit-il à ses copains.

Devant l'école, tout le monde est de bonne humeur. Parents et grands-parents sont venus. Mamie Ratus est là, sur son vélo, déguisée en cow-boy, un lasso sur l'épaule. Jeannette distribue une bouteille
d'eau à chaque concurrent. 7

Puis Victor tire un coup de pistolet en l'air : les élèves sursautent et se sauvent en courant. Le départ est donné !

Les lapins sont partis comme des flèches, suivis de Capra. Derrière, Marou
et Mina sont dans le peloton avec les 8
autres. Ratus ferme la marche. Le timide Mazo est resté sur place et il pleure.

– Au secours ! Je le dirai à ma maman.

Ratus retourne le chercher et lui dit :

– N'aie pas peur. C'était juste le signal du départ. Viens, on va marathonner tous les deux.

– Mais on va perdre, pleurniche Mazo. On est les derniers.

– Taratata, répond le rat vert. Je suis sûr qu'on va gagner. Tu n'as qu'à me suivre et tu seras deuxième.

Mazo sèche ses larmes et se met à trotter derrière son copain…

3

Maintenant, le rat vert ne court plus. Il marche en écoutant de la musique. Mazo le suit en se disant qu'un marathon avec Ratus, ce n'est pas fatigant du tout.

Les lapins sont loin devant. On devine déjà qui va gagner. Mais dans une course, il y a parfois des surprises…

Le mini-marathon part de l'école, se
dirige vers la rivière, longe la forêt, puis 9
entre dans la ville et se termine sur la place de la mairie. Et la forêt, Mamie Ratus la connaît bien ! Cachée derrière un buisson, elle attend son petit ratounet.

Quel dessin correspond à l'histoire ?

– Plus vite ! crie-t-elle. Tu es le dernier. À cette allure, tu vas perdre, même en prenant le raccourci.

– Quel raccourci ? demande Ratus. Tu veux que je triche ?

– On n'a pas le droit de tricher, déclare Mazo. Ma maman dit que c'est très vilain.

– Taratata ! s'écrie la grand-mère.

Elle fait tourner son lasso, le lance et attrape à la fois Mazo et Ratus. Elle saute sur son vélo, se met à pédaler et tire les deux paresseux qui sont obligés de courir à toute vitesse pour ne pas tomber.

– Au secours ! pleurniche Mazo, je le dirai à ma maman…

Mais Mamie Ratus s'en moque. Elle veut que son ratounet chéri gagne le

Que fait Mamie Ratus dans la forêt ?

marathon. Elle pédale de toutes ses forces
sur un petit chemin désert qui rejoint 10
directement la ville. Attachés par le lasso, Ratus et Mazo courent derrière son vélo. Jamais le rat vert n'a couru aussi vite, même le jour où un coq voulait lui
picorer le derrière*. 11

À la lisière de la forêt, Mamie Ratus 12
détache les deux coureurs qui soufflent comme des locomotives à vapeur. Ils sont épuisés.

– Reposez-vous d'abord un peu derrière cette haie, dit-elle. Après, vous finirez le marathon comme les autres.

* Lire *Ratus à la ferme*, Ratus Poche rouge.

Qui Ratus et Mazo vont-ils rattraper ?

4

Ratus et Mazo rejoignent la route au moment où Janot Lapin passe devant eux, suivi de près par Capra. Les deux tricheurs se mettent à courir. Il ne reste plus que cinq cents mètres et les quatre concurrents arrivent à l'entrée de la ville. Janot et Capra sont fatigués. Ils ralentissent, alors Ratus et Mazo les rattrapent sans peine.

– Ils vont gagner ! s'écrie Janot. Vite, des carottes ! Il faut que j'en mange.

Capra Labique aperçoit son père qui la regarde passer. Elle s'approche de lui.

Où Ratus va-t-il au lieu de courir ?

– Papa, c'est Ratus qui va gagner ! lui dit-elle à voix basse. Il faut que tu m'aides.

Dans les rues, les gens applaudissent les coureurs. M. Labique, le marchand de fromage, encourage le rat vert :

– Allez, Ratus ! crie-t-il. Viens chercher un fromage pour te donner des forces…

Le rat vert n'hésite pas.

– Continue à courir sans moi, dit-il à Mazo. Et garde-moi la première place en attendant que je revienne.

Ratus file dans le magasin du fromager qui lui tend un gros morceau de gruyère.

– Je sais que celui-ci, tu l'aimes bien.

– C'est gratuit ? demande le rat vert.

– Pour un champion comme toi, bien sûr. Et je t'en offre même un autre. Tu peux choisir : un fromage de brebis, un camembert, du bleu, un reblochon…

Ratus aime tous les fromages, et il y en a
plus de cent différents chez M. Labique !
Il hésite. Il reste là, sans bouger, émerveillé 13
par tout ce qu'il voit. Et pendant ce temps,
les coureurs passent devant la boutique
du fromager. Ils passent, ils passent…

Le rat vert finit par choisir un reblochon. Il sort de la boutique pour reprendre la course, mais il n'y a plus personne dans la rue et il arrive le dernier.

Mazo a déjà reçu sa coupe de vainqueur. Il la lève bien haut pour la montrer.

– J'ai gagné, dit-il à Ratus avec un grand sourire. Mais je suis désolé, toi, tu as perdu.

– Mais non, moi j'ai gagné deux gros fromages, dit le rat vert en faisant un clin d'œil malicieux à son copain.

Alors les journalistes photographient le premier et le dernier du mini-marathon !

Capra a terminé deuxième et Janot Lapin seulement troisième car il s'est arrêté pour acheter des carottes. Marou et Mina ont été classés quatrième et cinquième. Belo les félicite d'avoir fait toute la course.

Plus tard, Mme Dumouton s'approche de Ratus et lui glisse à l'oreille :

– Mazo m'a tout raconté. J'ai grondé ta grand-mère : c'est très vilain, ce qu'elle a fait ! Mais elle a été punie : ce n'est pas toi qui as gagné. C'est mon Mazo. Et il est tellement heureux !

Il y a eu des tricheurs dans ce marathon.
Lesquels ?

– Moi aussi, je suis content pour lui.
Votre Mazo, c'est un fortiche : il courait 14
drôlement vite derrière ma mamie !

– Chut ! fait Mme Dumouton.

Plus loin, Victor est songeur : 15

– Mazo premier, ce n'est pas possible…

– Et pourquoi pas ? répond la maîtresse
en souriant. Mes élèves sont heureux car
ils ont tous eu un diplôme, même Ratus 16
qui est arrivé le dernier.

1
un **marathon**
Une course à pied de 42 kilomètres et 195 mètres.

2
vantard
Celui qui croit qu'il peut tout faire.

3
marathonner
Mot inventé par Ratus et qui veut dire « courir un marathon ».

4
ils **approuvent**
Ils disent que Ratus a raison.

5
un **régime**
Ce que les lapins ont mangé pour courir très vite et gagner.

6
un **casque**

7
un **concurrent**
Celui qui participe à la course.

8
le **peloton**
Un groupe de coureurs.

9
il **longe**
Il passe le long de la forêt.

10
désert
Où il n'y a personne.

11
picorer
Piquer avec le bec.

12
la **lisière**
Le bord de la forêt.

13
émerveillé
Ratus est en admiration devant tous les fromages qu'il voit.

14
un **fortiche**
Quelqu'un qui est très fort. C'est un mot familier.

15
songeur
Victor pense à quelque chose. Il réfléchit.

16
un **diplôme**
On reçoit un diplôme quand on a réussi quelque chose.

Les aventures du rat vert

- 1 Le robot de Ratus
- 3 Les champignons de Ratus
- 6 Ratus raconte ses vacances
- 7 Le cadeau de Mamie Ratus
- 8 Ratus et la télévision
- 15 Ratus se déguise
- 19 Les mensonges de Ratus
- 21 Ratus écrit un livre
- 23 L'anniversaire de Ratus
- 26 Ratus à l'école du cirque
- 29 Ratus et le sapin-cactus
- 36 Ratus et le poisson-fou
- 39 Noël chez Mamie Ratus
- 40 Ratus et les puces savantes
- 46 Ratus en ballon
- 47 Ratus père Noël
- 50 Ratus à l'école
- 54 Un nouvel ami pour Ratus
- 57 Ratus et le monstre du lac
- 61 Ratus et le trésor du pirate
- 67 Les belles vacances de Ratus
- 71 La cabane de Ratus
- 73 Ratus court le marathon
- 1 Ratus chez le coiffeur
- 2 Ratus et les lapins
- 3 Les parapluies de Mamie Ratus
- 8 La visite de Mamie Ratus
- 9 Ratus aux sports d'hiver
- 13 Ratus pique-nique
- 23 Ratus sur la route des vacances
- 27 La grosse bêtise de Ratus
- 31 Le secret de Mamie Ratus
- 38 Ratus chez les robots
- 41 Ratus à la ferme
- 46 Ratus champion de tennis
- 56 Ratus et l'œuf magique
- 60 Ratus et le barbu turlututu
- 64 Ratus chez les cow-boys
- 66 Le jeu vidéo de Ratus
- 5 Les fantômes de Mamie Ratus
- 8 La classe de Ratus en voyage
- 12 Ratus en Afrique
- 16 Ratus et l'étrange maîtresse
- 26 Ratus à l'hôpital
- 29 Ratus et la petite princesse
- 31 Ratus et le sorcier
- 33 Ratus gardien de zoo
- 47 En vacances chez Ratus
- 52 Ratus le chevalier vert

Super-Mamie et la forêt interdite

- 42 Super-Mamie et le dragon
- 44 Les farces magiques de Super-Mamie
- 48 Le drôle de cadeau de Super-Mamie
- 59 Super-Mamie et le coiffeur fou
- 42 Au secours, Super-Mamie !
- 45 Super-Mamie et la machine à rétrécir
- 57 Super-Mamie, dentiste royale
- 62 Le Grand Baboul fait la classe

Collection Ratus Poche

Les histoires de toujours

- 27 Icare, l'homme-oiseau
- 32 Les aventures du chat botté
- 35 Les moutons de Panurge
- 37 Le malin petit tailleur
- 41 Histoires et proverbes d'animaux
- 49 Pégase, le cheval ailé
- 26 Le cheval de Troie
- 43 La légende des santons de Provence
- 49 Les malheurs du père Noël
- 52 À l'école de grand-père
- 21 L'extraordinaire voyage d'Ulysse
- 36 Les douze travaux d'Hercule
- 46 Les mille et une nuits de Shéhérazade
- 49 La malédiction de Toutankhamon
- 50 Christophe Colomb et le Nouveau Monde
- 53 Des dieux et des héros

Ralette, drôle de chipie

- 10 Ralette au feu d'artifice
- 11 Ralette fait des crêpes
- 13 Ralette fait du camping
- 18 Ralette fait du judo
- 22 La cachette de Ralette
- 24 Une surprise pour Ralette
- 28 Le poney de Ralette
- 38 Ralette, reine du carnaval
- 45 Ralette, la super-chipie !
- 51 Joyeux Noël, Ralette !
- 56 Ralette, reine de la magie
- 62 Ralette et son chien
- 70 En voiture, Ralette !
- 4 Ralette n'a peur de rien
- 6 Mais où est Ralette ?
- 44 Les amoureux de Ralette

L'école de Mme Bégonia

- 11 Drôle de maîtresse
- 25 Un voleur à l'école
- 33 Un chien à l'école

La classe de 6e

- 44 La classe de 6e au Puy du Fou
- 48 La classe de 6e contre les troisièmes

Collection Ratus Poche

Les imbattables

- 54 La rentrée de Manon
- 55 Le chien de Quentin
- 58 Barnabé est amoureux !
- 61 Le courage de Manon
- 63 Le mystère du cheval sauvage
- 65 Les éléphants en danger
- 67 Manon et le bébé loup
- 68 Les imbattables aux jeux olympiques

Baptiste et Clara

- 30 Baptiste et le requin
- 40 Clara et la robe de ses rêves
- 51 Clara et le secret de Noël
- 53 Les vacances de Clara
- 59 Clara fait du cinéma
- 38 Clara superstar
- 41 Clara et le garçon du cirque
- 43 Clara, reine des fleurs
- 45 Clara et le cheval noir
- 51 Clara et le dauphin

Francette top secrète

- 52 Mystère à l'école
- 53 Drôle de momie !
- 55 Mission Noël
- 58 Enquête à quatre pattes
- 60 Le fantôme de Trucmachin
- 64 Vacances au Pouloulou
- 68 Justin à la folie
- 74 Macaroni super agent secret

M. Loup et Compagnie

- 63 Mission petite souris
- 65 SOS, père Noël !
- 66 Trop bon, le dinosaure !
- 69 Attention, ouistiti !
- 72 M. Loup, nounou d'enfer !

Conception graphique couverture : Pouty Design
Conception graphique intérieur : Jean Yves Grall • mise en page : Atelier JMH

Imprimé en France par Pollina, 84500 Luçon - n° L62080

Dépôt légal n°96030-7/01 - octobre 2012